I0556891

www.ingramcontent.com/pod-product-compliance
Lightning Source LLC
Chambersburg PA
CBHW072048170626
46811CB00008B/3213
9780463277034

العين بالعين

تاجر وغزالة وبغلة وكلبان
القصة الأولى
من قصص ألف ليلة وليلة
جمع وتحرير: رأفت علام
مكتبة المشرق الإلكترونية

صدر في يوليو 2018 عن مكتبة المشرق الإلكترونية – مصر

Table of Contents

الفصل الأول: التاجر الطيب

كان ياما كان، في قديم الزمان.. كان هناك تاجر طيب يسمى منصور يعيش في بلاد الأندلس مع زوجته وأولاده حياة هانئة سعيدة.. كان منصور تاجرًا حاذقًا في التجارة يكسب الكثير من المكاسب من تجارته، لأنه كان يعرف احتياجات زبائنه فيسافر بعيدًا ليشتريها لهم، ويعود ليبيعها ويحقق المكاسب الكبيرة. كان منصور كثير الأسفار، فتارة يسافر إلى بلاد الهند، وتارة يسافر إلى أفريقيا أو بلاد الشام.

وذات ليلة، كان منصور مسافرًا على دابته في الطريق الصحراوي فمر على واحةٍ فيها بحيرة كبيرة والكثير من النخل، فقرر أن يقضي ليلته في هذه الواحة. اتكأ منصور على نخلة كبيرة قريبة من البحيرة وفتح حقيبة الطعام فأخرج منها كسرة خبز وثلاث تمرات، أكلهم وأسند رأسه إلى النخلة ونام ليلته،

وعندما أشرقت الشمس، فتح منصور عينيه فوجد شيئًا في غاية العجب،،

وقعت عينا منصور على مارد جني ضخم يفوق طوله طول النخله، أصلع الرأس، أحمر اللون، يقف أمامه عاقدًا ذراعيه، معقود الحاجبين، ينظر إلى منصور ويخرج من عينيه شر الدنيا..

انتفض منصور ودعك عينيه ليتأكد من أنه ليس في كابوس مزعج.. وعندما أعاد النظر، ارتج عليه مرة ثانية واتسعت عيناه وقام واقفًا مرتبكًا في مواجهة المارد وتراجع عدة خطوات إلى الخلف.. وقال في صوت مرتجف:

- سـ سـ سلامٌ عليك أيها المارد العظيم..

رفع المارد يده مقاطعًا وقال في صوت جهوري عميق: لا سلام، ولا كلام، اخرس إلا خسفت بك الأرض في الحال..

ارتجف منصور، وتراجع خطوة أخرى ونظر إلى المارد الضخم في رعب..

ارتفع صوت المارد قائلاً في أسى مختلط بغضب:

- لقد جئت إليك لآخذ روحك لأنك قتلت ابني..

قال منصور مستنكرًا في رعب وقد اتسعت عيناه:

- كلا، كلا، لابد أن هناك سوء تفاهم.. أنا في حياتي لم أقتل روحًا.. أنا لم أقتل أحدًا يا ملك ملوك الجان..

أشار المارد مقاطعًا من جديد، وقال بصوته العميق في أسى:

- ليلة أمس، حين كنت تأكل التمر، قذفت أنت إحدى النويات فأصابت رأس ابني فمات في الحال.. ابني، وحيدي، لقد كنت أحبه كما لم أحب أحدًا من قبل.. جئت أنت وقتلته بنواة تمرة، لن أرحمك، لن أرحمك.. سآخذ روحك في الحال..

بلغ الرعب في قلب منصور مبلغه بعد أن استوعب الأمر واجتاحت نفسه الكثير من المشاعر المتضاربة، فبخلاف الرعب الذي يملأ كيانه، فقد شعر بالأسى لمقتل ابن المارد، ثم شعر بقلبه يعتصر لقرب أجله، وتذكر أبناءه الصغار، وزوجته الحبيبة، ولكنه استجمع ما تبقى من شجاعته وركع على ركبتيه ورفع يديه مستعطفًا المارد ثم قال في رجاء:

- أيها المارد العظيم، يا ملك ملوك الجن، إنني أعزيك في وفاة ابنك الحبيب، لقد اعتصر الأسى قلبي حين أخبرتني بأنني أنا من قتلته، وأؤكد لك أنني لم أقصد أن أقتله، لقد كنت أتناول عشائي في سلام، فأرجوك يا سيدي، أرجوك من صميم قلبي أن تسامحني على فعلتي لأنها كانت غير مقصودة.

ارتفع صوت المارد وقد بدأ الدخان يتصاعد من رأسه:

- النفس بالنفس، لقد حان أجلك، سآخذ روحك..

أسرع منصور يقول في رجاء:

- يا سيدي المارد العظيم، إن لي أطفالاً وزوجة وأقارب وأعمال وتجارة. فهلا أعطيتني فرصة كي أودع أبنائي وأقاربي، وأنهي أعمالي ثم آتي إليك في نفس المكان لتأخذ روحي..

طأطأ المارد مفكرًا وقد خف الدخان الذي يتصاعد من رأسه ثم قال في صوته الجهوري:

- سأمهلك سنة، وسأنتظرك هنا في أول يوم من السنة القادمة عند الضهيرة، وإن لم تأت إلي فاعلم أنني أنا سآتي إليك ولو كنت في أقصى الأرض وأنني سأعذبك قبل أن أقتلك، كما أنني سأقتل أطفالك وزوجتك وجميع أقاربك، سأمحو اسمك واسم عائلتك من على وجه الأرض.

نظر منصور إلى الأرض ورفع يده اليمنى قائلاً:

- أقسم أنني سأحضر إليك في أول يوم من أيام السنة القادمة، والله على ما أقول شهيد.

أخذ المارد في التحول إلى ما يشبه الأعصار أو العاصفة، واختفى تدريجيًا عن ناظري منصور وصوته يتردد في الجوار:

- سأنتظرك، سأنتظرك..

جلس منصور، واتكأ على النخلة، وأخذ نفسًا عميقًا غير مصدق أن المارد فد وافق على إعطاءه هذه المهلة..

توجه منصور إلى بلده وعندما وصل إلى منزله، استقبلته زوجته بالأحضان كما تجمع حوله أطفاله مرحبين به في سرور.

وبعد أن استقر به الحال في بيته، أخبر منصور زوجته بما حدث له مع المارد، ثم أعلمها بوعده للمارد.. وأن مهلته تنتهي بعد سنة..

أصاب زوجة منصور حزن وهم عميق بعد أن علمت حكايته مع المارد، كما علمت الزوجة أن منصور ذاهب إلى أجله لا محالة،

فلن يخلف منصور وعدًا وعده في حياته..

عاش منصور السنة مع أهله وأسرته وأنهى أعماله التجارية ثم أمن مستقبل أسرته وأطفاله، واشترى كفنًا وقبل بداية السنة الجديدة بأسبوع، ودع منصور أهله وقبل زوجته وأطفاله باكيًا، ونوى الرحيل إلى الأبد.

كانت لحظة الوداع من أعجب ما يكون، فلم يسمع أحدٌ من قبل عن رجل يودع أهله ومعه كفنه ويرحل وهو يعرف أنه سيموت.. كان الوداع صعبًا على منصور وعلى جميع أقاربه وعائلته وزوجته وأولاده، فلم يكف أي منهم عن البكاء والنحيب، وكان الفراق من أصعب ما يكون، ولكنه حدث في النهاية.. وافترق منصور عن أهله والدموع لا تفارق عينيه..

مضى منصور في طريقه إلى الواحة، إلى أن وصل في الميعاد المتفق عليه، وعند الظهيرة، وقف منصور إلى جوار البحيرة يتلفت باحثًا عن المارد.

مر الوقت حتى بدأ الأمل يدب في قلب منصور وظن أن المارد قد سامحه على فعلته أو نسي الميعاد. وفجأة، قامت عاصفة ترابية في الجوار تحولت بعد ثوان إلى ما يشبه الإعصار، فغطى منصور وجهه ليتقي العاصفة ولكن فجأة انتهى كل شيء وساد صمت عجيب..

رفع منصور يديه من على وجهه ليفاجأ بالمارد الأحمر الضخم يقف في مواجهته غاضبًا عاقدًا ذراعيه والدخان يتصاعد من رأسه،

ركع منصور من الرعب على ركبتيه، وقال وهو يرتجف:

ـ لقد وفيت بالوعد وجئت لك في الميعاد.

ارتفع صوت المارد العميق وهو يقول في غضب:

ـ اليوم مضى عام على موت ابني، اليوم أنتقم لولدي المسكين الذي قتلته أنت بدم بارد. هيا استعد..

أغلق منصور عينيه، ورفع رأسه واستعد ليلاقي ربه..

الفصل الثاني: الغزالة

ارتفع من بعيد صوت شيخ كبير ينادي في الصحراء:

- يا الله يا ولي الصابرين.. يا الله يا ولي الصابرين..

التفت الجني والشرر يقفز من عينيه فرآى رجل شيخ يمر على الواحة ومعه غزالة، فصاح فيه في صوت هز الواحة بأكملها:

- من أنت؟ وماذا تفعل هنا؟

التفت الشيخ إلى المارد فاتسعت عيناه وارتعدت فرائصه وأراد أن يولي الفرار ولكن أقدامه لم تحمله فركع على ركبتيه وقال مرتجفًا:

- أيها الجني وتاج ملوك الجان، اغفر لي تطفلي على واحتك، إنني مسافر قادم من بلاد بعيدة وأردت أن أرتاح وأشرب من هذه البحيرة. ولكن، وحيث أنني ضايقتك بمجيئي، فاسمح لي أن أغادر من فوري وبلا رجعة..

قال المارد:

- فلتذهب، أغرب عن وجهي في الحال،

ارتفع صوت منصور مخاطبًا الشيخ:

- أيها الشيخ الطيب، ألا تشفع لي عند هذا المارد فلا يقتلني؟ وحق لا إله إلا الله أن تتشفع لي عنده..

قاطعه المارد والدخان يتصاعد من رأسه:

- اخرس يا قاتل، أجلك حان لا محالة..

التفت الشيخ إلى منصور ووجده راكعًا على ركبتيه ينتظر قدره باكيًا، فتقدم خطوات من المارد، وركع عند أقدامه، وقبل يده وقال في إجلال:

- يا ملك ملوك الجن وتاج عرش المردة، ألا تسمح لهذا العبد البائس بأن يحكي لي حكايته قبل أن ينفذ فيه أمر الله؟

قال المارد:

- ما من حاجة لأن يحكي، لقد قتل ابني ووحيدي عندما رمى نواة التمرة فأصابت رأسه، ولقد قررت أن أقتص منه..

قال الشيخ مستفهمًا:

- هل قصد قتل الولد؟

ال المارد:

- لا لم يقصد، ولكن رميته أصابت ولدي فقضت عليه..

قال الشيخ:

- أيها المارد العظيم، يا ملك البحار السبعة، ألا أحكي لك حكايتي مع تلك الغزالة، فإن وجدت فيها عجبًا، فلتهبني ثلث دم هذا الرجل؟

قال المارد وقد خف الدخان المتصاعد من رأسه:

- فلتحكِ حكايتك ولا تطيل..

تنفس منصور الصعداء وخفت حدة ضربات قلبه، وعلم أنه ربما سيعيش لساعة أخرى..

بدأ الشيخ في سرد حكايته فقال:

- اعلم يا أيها العفريت العظيم أن هذه الغزالة هي ابنه عمي، ومن لحمي ودمي وكنت قد تزوجت منها وهي صغيرة السن، وأقمت معها نحو ثلاثين سنة فلم أرزق منها بولد.

وبعد ثلاثة عقود، قررت أن أتزوج من أخرى فرزقت منها بولد ذكر كأنه البدر إذا بدا، له عينين مليحتين وحاجبين مزججين وأعضاء كاملة.. كبر ابني شيئًا فشيئًا إلى أن صار ابن خمس عشرة سنة. وكان ولدًا مطيعًا صالحًا أحبني وأحببته، وعلمته التجارة والمعاملات. وذات يوم، طرأت لي سفرة إلى بلد بعيد لإنهاء بعض أعمال التجارة، فودعت زوجتي وولدي، وسافرت.

وكانت ابنة عمي - هذه الغزالة – قد تعلمت السحر والكهانة من صغرها، فاستغلت غيابي وسحرت ابني فأصبح عجلاً، وسحرت زوجتي أمه فأصبحت بقرة وسلمتهما إلى الراعي ليعمل على إطعامهما،

ثم جئت أنا بعد مدة طويلة من السفر، فسألت ابنة عمي عن ولدي وعن أمه، فقالت:

- زوجتك ماتت من مرض عضال، أما ابنك فقد هرب ولا أعلم أين ذهب!!

أصابني الحزن والهم والغم لمدة سنة، أنام وأقوم باكي العين، محتسب مصيبتي عند بارئي. إلى أن جاء عيد الضحية، فأرسلت إلى الراعي أن يخصني ببقرة سمينة. فجاء الراعي يجر بقرة جميلة المظهر مغلقة العينان، ولم أدر أن تلك البقرة هي زوجتي التي سحرتها تلك الغزالة الملعونة.

شمرت ثيابي وشحذت السكين وتهيأت لذبحها، فصاحت وبكت بكاء شديدًا جعل قلبي ينتفض من فرط حزنها وعويلها. فقررت ألا أذبحها وأمرت ذلك الراعي فذبحها وسلخها فلم يجد فيها شحمًا ولا لحمًا، غير جلد وعظم فندمت على ذبحها حيث لا ينفعني الندم وأعطيتها للراعي.. أتتخيل أيها المارد، لقد ذُبحت أم ولدي أمام عيني، ولم أدر.. لقد تسببت تلك الغزالة في أن أرى زوجتي وحبيبتي وهي تذبح وتسلخ أمام عيني.. ياله من إحساس، ويالي من أحمق.. لأنني كنت جاهلاً..

المهم أنني أتيت بالراعي ونهرته ثم قلت له:

- فلتأتني بعجل سمين.

فأتاني بولدي المسحور عجلاً.. فلما رآني ذلك العجل، قطع حبله وجاءني وتمسح في ثيابي وولول وبكى، ثم نظر إلي في عيني نظرة أذابت قلبي، فأخذتني الرأفة عليه.. وقلت للراعي:

- آتني ببقرة ودع هذا العجل فإن أمرًا يخصه لم ينته بعد.

قال الشيخ:

ـ يا سيد ملوك الجان حدث كل ذلك وابنة عمي ـ هذه الغزالة ـ تنظر وترى بقلب حجري وبلا رحمة، وذات يوم أشارت على نفس العجل وقالت:

ـ اذبح هذا العجل فإنه سمين،

فلم يهن علي أن أذبحه وأمرت الراعي أن يأخذه..

وذات يوم، وأنا جالس في تجارتي وإذا بالراعي أقبل علي وقال:

ـ يا سيدي، اسمح لي إن أقول لك شيئاً تسر به ولي البشارة؟

فقلت:

ـ نعم،

فقال:

ـ إن لي بنتاً كانت تعلمت السحر في صغرها من امرأة عجوز، فلما كنا منذ أيام، وعندما أعطيتني أنت العجل، دخلت به عليها فنظرت إليه ابنتي وغطت وجهها وبكت.. ثم إنها ضحكت وقالت:

ـ يا أبي منذ متى وأنت تُدخل علي الرجال الأجانب؟

فقلت لها:

ـ وأين الرجال الأجانب؟ ولماذا بكيت وضحكت؟

فقالت لي مفسرةً:

ـ أن هذا العجل الذي معك ما هو إلا ابن سيدي التاجر، ولكنه مسحور وسحرته زوجة أبيه، هو وأمه فهذا سبب ضحكي، وأما سبب بكائي فمن أجل أمه حيث ذبحها أبوه..

قال الراعي:

ـ فتعجبت من ذلك غاية العجب. وجئت اليوم إليك لأعلمك،

قال الشيخ صاحب الغزالة:

- فلما سمعت ـ أيها الجني ـ كلام هذا الراعي، أصابتني حالة من الذهول، ودارت الدنيا أمامي وفقدت الوعي للحظات، وحين أفقت لم أصدق قصة الراعي، لم أصدق أن تفعل بنت عمي في   الأفاعيل، وتتسبب في ذبح زوجتي، وكادت أن تتسبب في ذبح ابني بدمٍ بارد، خرجت مع التاجر أكاد أقضي نحبي وبداخلي خليط الحزن السرور،

مشيت في الشوارع متكئًا على الراعي أكاد لا أبصر شيئًا بعيني، إلى أن وصلنا إلى داره. رحبت بي ابنة الراعي وقبلت يدي.

جلست أستفسر من ابنة الراعي عن كلام أبيها، فاستوثقت من صحة الكلام، وفجأة دخل علينا العجل واقترب مني وتمسح في ثيابي، فقلت لابنة الراعي:

- أحق ما تقولينه عن ذلك العجل؟

فقالت:

- نعم يا سيدي، إنه ابنك من دمك وفلذة كبدك.

فقلت لها:

- أيتها الصبية الجميلة الطيبة، إن استطعت أن تعيديه آدميا، فلك عندي ما تحت يد أبيك من المواشي والأموال.

فتبسمت وقالت:

- يا سيدي، ليس لي رغبة في المال إلا بشرطين، الأول: أن تزوجني منه عندما أرده سيرته الأولى، أما الشرط الثاني: أن أأسر من سحرته وأحبسها وإلا فلست آمن مكرها.

قال الشيخ صاحب الغزالة:

- فلما سمعت أيها الجني كلام ابنة الراعي، قلت لها وقد غمرني السرور:

- أوافق على شرطيك ولك فوق ما قلتي جميع ما تحت يد أبيك من الأموال وأما ابنة عمي الملعونة، تلك القاتلة، فدمها لك مباح.

فلما سمعت البنت كلامي، أخذت طاسة وملأتها ماء ثم أنها قرأت عليها تعاويذ سحرية ورشت بها العجل وقالت:

- إن كان الله خلقك عجلاً فدم على هذه الصفة ولا تتغير، وإن كنت مسحوراً فعد إلى خلقتك الأولى بإذن الله تعالى..

وإذا بالعجل انتفض وارتجف وصرخ ثم تحور تكوينه إلى أن أصبح إنسانًا. وقف ابني الشاب على قدميه يتلفت فمدت إليه بنت الراعي يدها بإزار ورداء ليستر بهما عورته، فلم أجد في الدنيا ما هو أجمل وأحلى من لقاء الولد وقد كنت ظننتني لن ألقاه.. احتضنت ولدي وضممته إلى صدري لعدة دقائق وكل منا يبلل ملابس الآخر بدموعه..

ربت الراعي على كتفينا، وأجلسنا في مجلسه فسألت ولدي:

- با عليك، احك لي ما صنعت ابنة عمي بك وبأمك..

فحكى لي كل ما جرى لهما، فقلت:

- يا ولدي، وفلذة كبدي، قد قيض الله لك من خلصك وخلص حقك..

قال الشيخ صاحب الغزالة:

- ثم إني أيها المارد العظيم زوجته من ابنة الراعي. كانت ابنه الراعي تتحين الفرص لابنة عمي حتى رأتها يومًا نائمةً فسحرتها لتتحول إلى هذه الغزالة..

عاش ابني وزوجته عيشة هانئةً سعيدةً، وأدار ولدي أعمالي التجارية، وأنجب من ابنة الراعي سبعة أولاد.. أما الغزالة، فلازمتني منذ ذلك الحين، تسافر معي حين أسافر وتمكث معي حين أمكث.. وها أنا اليوم أركع أمامك.. فهل رأيت في حكايتي عجبًا؟

قال الجني:

- هذا حديث عجيب فعلاً، لقد وهبت لك ثلث دم هذا الرجل..

الفصل الثالث: الكلبين

ارتفع في الجوار صوت لشيخ كبير يقول:

- يا الله يا ولي المحسنين.. يا الله يا ولي المحسنين..

التفت إليه الجميع فوقعت أعينهم على شيخ كبير يمر على الواحة وبجواره يمشي كلبين أسودين، فصاح الجني فيه في صوت هز الواحة:

- من أنت؟ وماذا تفعل هنا؟

التفت الشيخ إلى المارد فاتسعت عيناه وارتعدت فرائصه وأراد أن يولي الفرار ولكن أقدامه لم تحمله فركع على ركبتيه وقال مرتجفًا:

- أيها الجني وتاج ملوك الجان، اغفر لي تطفلي على واحتك، إنني مسافر قادم من بلاد بعيدة وأردت أن أرتاح وأشرب من هذه البحيرة. ولكن، وحيث أنني ضايقتك بمجيئي، فاسمح لي أن أغادر من فوري وبلا رجعة..

قال المارد:

- فلتذهب، أغرب عن وجهي في الحال،

ارتفع صوت منصور مخاطبًا الشيخ:

- أيها الشيخ الطيب، ألا تشفع لي عند هذا المارد فلا يقتلني؟ وحق لا إله إلا الله أن تتشفع لي عنده..

التفت الشيخ إلى منصور ووجده راكعًا على ركبتيه ينتظر قدره باكيًا، فتقدم خطوات من المارد، وركع عند أقدامه، وقبل يده وقال في إجلال:

- يا ملك ملوك الجن وتاج عرش المردة، ألا تسمح لهذا العبد البائس بأن يحكي لي حكايته قبل أن ينفذ فيه أمر الله؟

قال المارد:

- ما من حاجة لأن يحكي، لقد قتل ابني ووحيدي عندما رمى نواة التمرة فأصابت رأسه، ولقد قررت أن أقتص منه..

قال الشيخ مستفهما:

- هل قصد قتل الولد؟

قال المارد:

- لا لم يقصد، ولكن رميته أصابت ولدي فقضت عليه..

قال الشيخ:

- أيها المارد العظيم، يا ملك البحار السبعة، ألا أحكي لك حكايتي مع هذين الكلبين، فأن وجدت فيها عجبًا، فلتهبني ثلث دم هذا الرجل؟

قال المارد وقد خف الدخان المتصاعد من رأسه:

- فلتحك حكايتك ولا تطيل..

تنفس منصور الصعداء وخفت حدة ضربات قلبه، وعلم أنه ربما سيعيش لساعة أخرى..

بدأ الشيخ في سرد حكايته فقال:

- اعلم يا سيد ملوك الجان أن هذين الكلبين هما في الأساس أخوتي، وأنا ثالثهما.. مات والدنا فورثنا عنه ثلاثة آلاف دينار. فأخذت نصيبي الألف دينار وقررت العمل في التجارة، ففتحت دكانًا أبيع فيه وأشتري..

ولكن إخوتي لم يستمعا إلى نصيحتي وقررا السفر، فسافرا بتجارتهما وغابا عنا مدة سنة مع القوافل ثم عادا يجران أذسال الخيبة والندم وقد خسرا كل مالهما.

فقلت لهما:

- يا أخوتي، أما أشرت عليكما بعدم السفر؟

فبكيا وقالا:

- يا أخونا، قدر الله وما شاء فعل. فما من فائدة ستعود عليك بلومنا. يكفينا أننا خسرنا مالنا ولا ندر كيف سنعيش حياتنا.

فكرت مليا، ثم قررت أن أساعدهما لصلة الدم بيننا، وحرمة الأخوة..

فقلت لهما:

- يا أخوي، سنعمل معا نحن الثلاثة في دكاني، فتكبر التجارة ويزيد الربح.. وسأحسب ربح دكاني بعد مرور سنة، وبعد خصم رأس المال، أقسم الربح بيني وبينكما، أنا آخذ النصف وأنتما النصف.

انفرجت أساريرهما وقبلا يدي وشكراني، وعمل ثلاثتنا في التجارة إلى أن كبر الدكان وزاد الربح وكثرت الزبائن.. وبعد مرور سنة، حسبت ربح الدكان بعد خصم رأس المال فوجدته ألفي دينار.. فحمدت الله عز وجل وفرحت غاية الفرح، ثم قسمت الربح بيني وبينهما شطرين.

وأقمنا مع بعضنا أيامًا، ثم عاد إخوتي يطلبان السفر مرة ثانية، وأخذوا في الإلحاح علي في أن أسافر معهما. ولكنني لم أرتض السفر لقلة خبرتي به..

وقلت لهما:

- أي شيء كسبتما من سفركما في الماضي، حتى أكسب أنا؟

ألحوا علي ولم أطعهم، بل أقمنا في دكاكيننا نبيع ونشتري سنة كاملة وهم يكررون علي طلب السفر مرارًا وتكرارًا.. وأنا مُصر على موقفي.. حتى مضت ست سنوات.

ومن كثرة الإلحاح والإصرار على الطلب، وافقتهم أخيرا على السفر وقلت لهم:

- يا أخوتي، فلنحسب ما عندنا من المال.

فحسبناه فإذا هو ستة آلاف دينار..

فقلت لهما:

- ما رأيكما أن ندفن نصف هذا المبلغ تحت الأرض لينفعنا إذا فشلنا في سفرنا، ويأخذ كل واحد منا ألف دينار يتاجر فيها؟

تهللت أساريرهما وقالا:

- نِعم الرأي هذا.

فأخذت المال وقسمته نصفين ودفنت ثلاثة آلاف دينار. وأما الثلاثة آلاف الأخرى فأعطيت كل واحد منهم ألف دينار، وجهزنا بضائعنا، واكترينا مركبًا، ونقلنا فيها حوائجنا، وسافرنا مدة شهر كامل إلى أن دخلنا مدينة وبعنا بضائعنا فربحنا في الدينار عشرة دنانير..

وذات ليلة ونحن مجتمعون في أحد المقاهي، قال لي أحد اخوتي:

- لقد بارك الله لنا في تجارتنا يا أخي كما ترى.. أرأيت فوائد السفر؟

قلت:

- نعم الرأي رأيك يا أخي، والحمد على مباركته لسفرنا، أرى أن نتحرك في الصباح عائدين إلى بلادنا.

وهكذا قررنا الرحيل مع أول ضوء، فجمعنا حاجياتنا وأموالنا وتحركنا عند الفجر متوجهين إلى الميناء.. وعلى شاطئ البحر، وقعت عيناي على جارية بائسة، تلبس خرقة مقطعة.. رأتني الجارية فاقتربت مني وقبلت يدي وقالت في استجداء:

- يا سيدي، هل عندك إحسان ومعروف أجازيك عليهما؟

قلت:

- نعم، إن عندي الإحسان والمعروف ولو لم تجازني..

فقالت:

- يا سيدي، تزوجني وخذني إلى بلادك، فإني قد وهبتك نفسي.. فافعل معي معروفًا لأني ممن يصنع معه المعروف والإحسان، ويجازي عليهما ولا يغرنك حالي.

فلما سمعت كلامها، حن قلبي إليها لأمر يريده الله عز وجل، فأخذتها وكسوتها وفرشت لها في المركب فرشًا حسنًا، وأقبلت عليها وأكرمتها، ثم سافرنا وقد أحبها قلبي محبة عظيمة، وصرت لا أفارقها ليلاً ولا نهارًا.. وانشغلت بها عن إخوتي، فغارا مني وحسداني عليها وعلى مالي وكثرة بضاعتي، وطمعت عيونهما في المال، ثم تآمرا علي وقررا قتلي وأخذ مالي حيث قالا:

-لانقتل أخانا ويصير المال كله لنا.

وزين لهم الشيطان أعمالهم، ففجاؤوني وأنا نائم بجوار زوجتي ورموني في البحر..

فلما استيقظت زوجتي ولم تجدني بجوارها انتفضت، وتحولت إلى عفريتة من الجن.. جابت البحار السبع بحثًا عني حتى وجدتني وأنا أغرق في آخر أنفاسي أستعد لملاقاة ربي.. فحملتني وطارت بي إلى جزيرة قريبة حيث وضعتني برفق، وغابت عني ثم عادت إلي عند الصباح..

نظرت الجنية إلى عيني في حنان وقالت:

- أنا زوجتك التي حملتك ونجيتك من القتل بإذن الله تعالى، واعلم أني جنية رأيتك في الميناء فأحبك قلبي، وأنا مؤمنة با ورسوله، فجئتك بالحال الذي رأيتني عليه فتزوجت منك وها أنا ذا قد نجيتك من الغرق.

قال الشيخ صاحب الكلبين:

- تهللت أساريري، وحمدت الله عز وجل على نعمته التي أنعم علي، فوقاني شرور إخوتي الذين أحسنت إليهما فتآمرا على قتلي.. ارتميت في أحضان زوجتي شاكرًا لها صنيعها وأخذت في البكاء وهي تربت على كتفي في حنان إلى أن هدأت ونظرت إلى عينيها،

فقالت:

- لقد غضبت على إخوتك ولا بد أن أقتلهما. سأطير الليلة إليهم وأغرق مراكبهم وأهلكهم..

فقلت لها:

- يا لا تفعلي فإن صاحب المثل يقول: يا محسنًا لمن أساء كفي المسيء فعله.. وهم إخوتي على كل حال..

قالت:

- لا بد من قتلهم..

فاستعطفتها.. وترجيتها..

عشنا معا أيامًا على الجزيرة سعداء، فقد كانت تأتي لي بكل ما لذ وطاب من طعام وشراب، وفي ذات صباح، قالت زوجتي:

- حان وقت الرحيل..

فحملتني وطارت بي تجوب البلاد والبحار في سرعة عجيبة، حتى وصلنا إلى بلدي، فوضعتني على سطح داري.. ففتحت الأبواب وأخرجت الأموال من تحت الأرض، وفتحت دكاني بعد ما سلمت على الناس واشتريت بضائع، فلما كان الليل، دخلت داري فوجدت هذين الكلبين مربوطين، فلما رأياني قاما إلي وبكيا، وتعلقا بي، فلم أشعر إلا وزوجتي حضرت وقالت:

- هذان هما أخواك..

فقلت:

- من فعل بهم هذا الفعل؟؟

قالت:

- أنا.. لقد أرسلت إلى أختي ففعلت بهم ذلك ولن يرجعا سيرتهما الأولى إلا بعد عشر سنوات..

قال الشيخ صاحب الكلبين:

- لم أستطع أن أتمالك دموعي حين تذكرت صنيعي معهما

وصنيعهما معي، ولكنني احتفظت بهما وأكرمتهما، حتى أنني أخذهما للسفر كل فترة لأنني أعلم أنهما يحبان السفر، هذه إحدى سفراتنا أيها الجني العظيم، وهذه قصتي.

قال الجني متعجبًا:

ـ يالها من حكاية عجيبة، لقد وهبت لك ثلث دم هذا الرجل في جنايته..

الفصل الرابع: البغلة

ارتفع في الجوار صوت لشيخ كبير يقول:

- يا الله يا ولي الحامدين.. يا الله يا ولي الحامدين..

التفت إليه الجميع فوقعت أعينهم على شيخ كبير يمر على الواحة وبجواره تمشي بغلة، فصاح الجني فيه في صوت هز الواحة:

- من أنت؟ وماذا تفعل هنا؟

التفت الشيخ إلى المارد فاتسعت عيناه وارتعدت فرائصه وأراد أن يولي الفرار ولكن أقدامه لم تحمله فركع على ركبتيه وقال مرتجفًا:

- أيها الجني وتاج ملوك الجان، اغفر لي تطفلي على واحتك، إنني مسافر قادم من بلاد بعيدة وأردت أن أرتاح وأشرب من هذه البحيرة. ولكن، وحيث أنني ضايقتك بمجيئي فاسمح لي أن أذهب من فوري وبلا رجعة..

قال المارد:

- فلتذهب، أغرب عن وجهي في الحال،

ارتفع صوت منصور مخاطبًا الشيخ:

- أيها الشيخ الطيب، ألا تشفع لي عند هذا المارد فلا يقتلني؟ وحق لا إله إلا الله أن تتشفع لي عنده..

التفت الشيخ إلى منصور ووجده راكعًا على ركبتيه ينتظر قدره باكيًا، فتقدم خطوات من المارد، وركع عند أقدامه، وقبل يده وقال في إجلال:

- يا ملك ملوك الجن وتاج عرش المردة، ألا تسمح لهذا العبد البائس بأن يحكي لي حكايته قبل أن ينفذ فيه أمر الله؟

قال المارد:

- ما من حاجة لأن يحكي، لقد قتل ابني ووحيدي عندما رمى نواة

التمرة فأصابت رأسه، ولقد قررت أن أقتص منه..

قال الشيخ مستفهمًا:

- هل قصد قتل الولد؟

قال المارد:

- لا، لم يقصد، ولكن رميته أصابت ولدي فقضت عليه..

قال الشيخ:

- أيها المارد العظيم، يا ملك البحار السبعة، ألا أحكي لك حكايتي مع هذه البغلة، فإن وجدت فيها عجبًا، فلتهبني ثلث دم هذا الرجل؟

قال المارد وقد خف الدخان المتصاعد من رأسه:

- فلتحك حكايتك ولا تطيل..

تنفس منصور الصعداء وخفت حدة ضربات قلبه، وعلم أنه ربما سيعيش لساعة أخرى..

بدأ الشيخ في سرد حكايته فقال:

- أيها السلطان ورئيس الجان إن هذه البغلة كانت زوجتي منذ عده سنوات، وذات يوم، نويت السفر لقضاء بعض المصالح فودعتها وسافرت وغبت عنها سنة كاملة، ثم قضيت سفري ووصلت إلى داري في الليل، وإذا بي أرى عبدًا أسودًا راقدًا معها في الفراش وهما في كلام وغنج وضحك وتقبيل. فاجأتهما في الفراش.

فلما رأتني المرأة الملعونة، قامت في حينها إلي بإناء فيه ماء فهمست فيه ورشتني به، وقالت:

- اخرج من هذه الصورة إلى صورة كلب..

تحور جسمي وتغير كياني وتحولت في الحال إلى كلب، فطردتني من البيت، فخرجت من الباب ولم أزل سائراً تائها في الشوارع، حتى وصلت دكان جزار فاقتربت من المحل وصرت آكل من العظام. فلما رآني صاحب الدكان، توسم في الخير، فأخذني إلى بيته، فلما رأتني بنت الجزار غطت وجهها مني وقالت متفاجئة:

- أتجيء لنا برجل وتدخل علينا به؟

فقال أبوها:

- أين الرجل.

قالت:

- إن هذا الكلب كان في الأساس رجلا صالحًا، فسحرته امرأته كلبًا وأنا أقدر على تخليصه ليرجع سيرته الأولى..

سمعت كلامها وأنا على هيئة الكلب، فأخذت أنبح وأهز ذيلي مصدقًا على كلامها..

فلما سمع أبوها كلامها ورآني على حالي قال لها:

- با   عليك يا بنيتي، خلصيه من محنته، لعل الله يجازيك خيرًا..

فأخذت إناءً فيه ماء وهمست عليه بتعويذة ورشت علي منه قليلاً وقالت:

- اخرج من هذه الصورة إلى صورتك الأولى..

فرجعت متحولاً إلى صورتي الأولى، نظرت إلى نفسي في المرآة ولم أكن أصدق أنني سأراني في مظهري الإنسي من جديد، غطاني الجزار بعباءته، فشكرته، وقبلت يد ابنته وقلت لها:

- أريدك أن تسحري زوجتي كما سحرتني.

فأعطتني قليلاً من الماء، وقالت:

- إذا رأيتها نائمة، فرش هذا الماء عليها فإنها تصير كما تطلب..قال الشيخ صاحب البغلة:

- تجسست على زوجتي لليلتين، حتى حانت الفرصة، فوجدتها نائمة وحدها، فرششت عليها الماء، وقلت اخرجي من هذه الصورة إلى صورة بغلة.. فصارت في الحال بغلة وهي هذه التي تنظرها بعينيك أيها السلطان ورئيس ملوك الجان.

التفت المارد إلى البغلة وقال:

ـ أصحيح ما قاله هذا الرجل؟

فهزت رأسها وقالت بالإشارة نعم، هذا صحيح.. فلما فرغ من حديثه اهتز الجني من الطرب ووهب له باقي دم منصور.

جلس المارد أرضًا، ولم يعد الدخان يتصاعد من رأسه، بل تحول لونه إلى اللون الوردي، وقال في لين:

ـ أيها الشيوخ الثلاث، لقد عجبت أشد العجب لقصصكم، ولم تتجمعون عندي في هذا اليوم إلا لغرض يعلمه الله.. أشهدكم أنني عفوت عند هذا الرجل..

تهللت أسارير منصور والشيوخ الثلاث وأقبل منصور على الشيوخ وشكرهم.. فهنأوه بالسلامة.. وسجدوا جميعًا سجدة شكر..

رجع منصور إلى بلاده، حيث لاقى ترحيب غير مسبوق من أهله وأقاربه وجيرانه وأقرانه.. وظل طوال حياته يحكي قصته العجيبة مع المارد العظيم..